Rurrú camarón

Editorial Bambú es un sello de Editorial Casals, SA

La editorial ha hecho todo lo posible por localizar a todos los autores
o a sus herederos, pero en algunos casos no ha obtenido respuesta. En caso
de detectar alguna omisión, pónganse en contacto con Editorial Casals.

© Del texto: Alberto Blanco, herederos de Carmen Alicia Cadilla,
herederos de Óscar Castro, herederos de José Antonio Falconí Villagómez,
herederos de Ester Feliciano Mendoza, herederos de Teresita Fernández,
herederos de Carlos Gutiérrez Cruz, Raúl Henao, Gustavo Alfredo Jácome,
herederos de Óscar Jara Azócar, herederos de Celedonio Junco de la Vega,
herederos de Jairo Aníbal Niño, herederos de Teodoro Palacios, herederos
de Fernán Silva Valdés, herederos de José Juan Tablada, herederos de José
Sebastián Tallon, herederos de José Umaña Bernal, herederos de Emilio
Uribe Romo, herederos de María Elena Walsh
© De los poemas «La rama» y «La exclamación», de Octavio Paz: Marie José
Tramini de Paz.
© Del poema «Los cangrejitos», de Fernando Luján: Editorial Costa Rica.

© De la selección y el prólogo: Ana Garralón, 2017
© De las ilustraciones: Rebeca Luciani, 2017
© De esta edición:
2017, Editorial Casals
Casp, 79 – 08013 Barcelona
Tel.: 902 107 007
editorialbambu.com
bambulector.com

Diseño de la colección: Estudi Miquel Puig

Primera edición: febrero de 2017
ISBN: 978-84-8343-508-3
Depósito legal: B-3236-2017
Printed in Spain
Impreso en Índice, SL
Fluvià, 81-87 – 08019 Barcelona

Rurrú camarón

Bestiario poético latinoamericano

Selección de
Ana Garralón

Ilustraciones de
Rebeca Luciani

bam bú

EDITORIAL

Prólogo

Durante muchos años he trabajado como librera. Una de mis tareas era ir a librerías de viejo de toda América Latina buscando libros antiguos que pudieran interesar a los clientes. Un día, en una librería de Colombia, encontré un libro gordo, hecho por importantes académicos. Era una edición muy seria y formal que se titulaba: *Faunética. Antología poética y zoológica panamericana y europea.* Me di cuenta con ese libro de que había muchos poetas que habían escrito sobre animales. Pero la revelación más importante fue que a esos académicos tan serios les seguía gustando algo que comparten todos los niños del mundo: el gusto y el interés por los animales. Ese fue el punto de partida y la motivación para armar esta antología.

La relación del hombre con los animales es tan larga como la humanidad. Los niños son los que miran con más asombro ese mundo de «bichos», observando su comportamiento mientras tratan de comprender su propio mundo. La literatura está, por tanto, llena de animales: en fábulas, en novelas, en grandes historias. Hay un clásico de la literatura infantil, *Nils Holgersson*, de la escritora sueca Selma Lagerlöf, en el que un niño regresa a su tamaño natural solo cuando aprende a amar a los animales mientras vuela con una bandada de patos. Muchos niños, hoy en día, viven lejos de la naturaleza, pero no han perdido el interés por los animales gracias a su detenida atención y a su natural asombro ante todo lo que se mueve. Son muchos los escritores que rescatan de su infancia episodios con animales que les marcaron y, ante cualquier historia donde haya un hombre capaz de conversar con los animales, todos quedamos embelesados.

Los animales han fascinado siempre al ser humano. Los ha dibujado sin verlos, los ha domesticado, ha creado sensacionales leyendas en torno a ellos, ha llenado un arca cuando ha visto el peligro, los respeta, los adora y hasta los inventa. Sus vínculos todavía hoy desvelan una seducción que conecta al hombre con lo más profundo de la naturaleza. Los poetas también se han entregado a contemplar los animales, como si fueran un espejo en el que el ser humano busca su propia imagen.

En este modesto bestiario he querido acercar esa admiración y sorpresa, esa poética maravillada de creadores asombrados como niños. Desde aquel momento en que tuve el libro serio en mis manos empecé a leer poesía marcando poemas que podrían gustar a los niños. No necesariamente de poetas cuya obra se dirige a los niños, sino poetas en general, deslumbrados por la naturaleza. Otra de las constantes de mi selección, sin yo darme cuenta, fue que los escritores eran de América Latina. Nada sorprendente, dado mi gusto por ese continente y los maravillosos animales que lo pueblan: algunos desconocidos para muchos lectores y otros, familiares.

Habitan esta antología colibrís, zopilotes, caballitos de mar, alacranes y tortugas, pero también vacas, cigarras, grillos y corderos, gatos y tigres, y hasta pingüinos. Hay poetas que ya han sido olvidados y otros que recibieron importantes premios. De México, Argentina, Uruguay, Colombia, Puerto Rico, Ecuador, Costa Rica y Chile. También hay algunos poemas de la tradición popular, esos que las abuelas recitan o cantan a sus nietos y se han transmitido de generación en generación, como el que da título a este libro:

Rurrú camarón,
nana, rata, rata, ratón;
rurrú camarón,
nana, rata, rata, ratón.

Poemas para leer en voz alta, para degustar en silencio, para volar como las alas del canoro cuando un poeta mexicano dice que «son galas/del viento». Y para compartir buscando relaciones inesperadas, como los «sueños de corales» que propone una poeta de Puerto Rico. Poemas para mirar lo que nos rodea, desear ser pato, preguntarse si el camaleón bosteza o no cuando abre la boca, o si la ardilla finalmente se perdió.

Y ya que estaba coleccionando animales, y por hacer como los científicos cuando ordenan sus cosas, he organizado la selección según dónde esté el animal: aire, agua y tierra. Es una manera de tenerlos juntos, pero este libro se puede abrir por cualquier página y nos da un regalo.

Uno de los poetas de esta antología, Alberto Blanco, dice que todos los poemas nacen, crecen, se desarrollan y finalizan para volver a nacer en la pupila, en el oído y en la conciencia de quienes los escuchan. En este momento en que vuelven a existir, el lector descubre un mundo de significados y metáforas, fruto de la creatividad de sus autores y de su propia inventiva. Y así me gustaría que esta selección llegara a los lectores: para dar vida nuevamente a estos poemas, pero también al imaginario de los niños. Mientras, en alguna parte de América Latina, un poeta estará contemplando el canto de un pájaro y, quién sabe, inspirándose para un nuevo poema.

Ana Garralón
Madrid, noviembre de 2016

Por el aire van...

Primer poema del desierto

Vuelan tan rápido
las montañas y el colibrí
que no se mueven.

Alberto Blanco
México

Mi canario

Tengo un canario
que es un tesoro,
su pico es nácar,
sus plumas oro.

Cuando en la jaula
mueve sus alas,
no hay sol que alumbre
como sus galas.

A mis llamadas
no se resiste,
le doy lechuga,
le pongo alpiste;
y él, que me quiere
como un hermano,
canta y se posa
sobre mi mano.

Sus cantos vierten
luz y armonía,
y es de la casa
sol y alegría.

Tengo un canario
que es un tesoro,
su pico es nácar,
sus plumas oro.

Teodoro Palacios
Argentina

A un pajarillo

Canoro:
te alejas
de rejas
de oro.

Y al coro
le dejas
las quejas
y el lloro.

Que vibre
ya libre
tu acento.

Las alas
son galas
del viento.

Celedonio Junco de la Vega
México

El nido

Los árboles que no dan flores
dan nidos;
y un nido es una flor con pétalos de pluma;
un nido es una flor color de pájaro
cuyo perfume entra por los oídos.

Los árboles que no dan flores
dan nidos.

Fernán Silva Valdés
Uruguay

Zopilote

De negro viste,
y entre difuntos anda
goloso y triste.

Emilio Uribe Romo
México

El mirlo

Pájaro de alquitrán,
revoloteas
en mis palabras
atrapado en mi canto.
Mirlo burlón.
Las manos de mi enamorada
abren la jaula.

Raúl Henao
Colombia

La rama

Canta en la punta de un pino
un pájaro detenido,
trémulo, sobre su trino.

Se yergue, flecha, en la rama,
se desvanece entre alas
y en música se derrama.

El pájaro es una astilla
que canta y se quema viva
en una nota amarilla.

Alzo los ojos: no hay nada.
Silencio sobre la rama,
sobre la rama quebrada.

Octavio Paz
México

La exclamación

Quieto
        no en la rama
en el aire
        no en el aire
en el instante
        el colibrí.

Octavio Paz
México

Del agua vienen...

Caballito de la mar

Caballito de la mar,
tú de espuma
y yo de sal.
¡Con bridas de viento
te voy a ensillar!
¡Con nubes y soles
vamos a jugar!
¡Sueños de corales
vamos a cantar!

¡Oh mi hermoso
y brioso
caballo de mar!

Ester Feliciano Mendoza
Puerto Rico

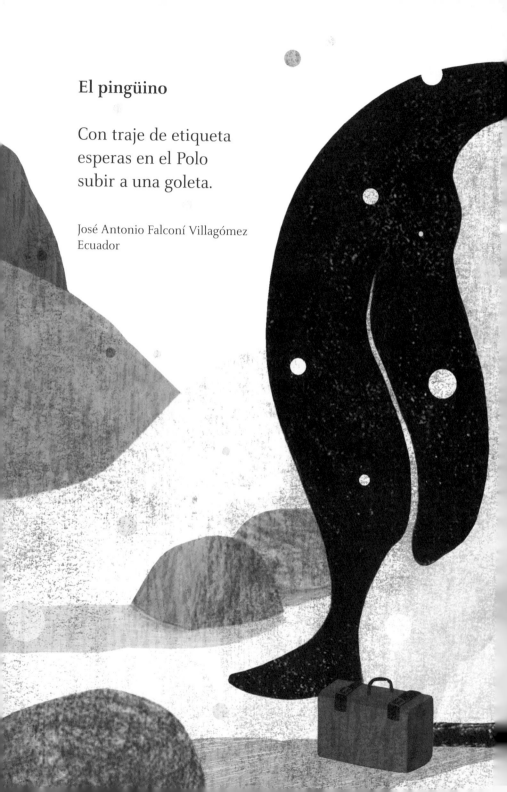

El pingüino

Con traje de etiqueta
esperas en el Polo
subir a una goleta.

José Antonio Falconí Villagómez
Ecuador

Rurrú camarón,
nana, rata, rata, ratón;
rurrú camarón,
nana, rata, rata, ratón.

Popular

Pato

Deporte grato:
¡flotar...
bogar, vagar...
y hacerse pato!

Emilio Uribe Romo
México

El caimán

Mirándolo reposar,
con mandíbulas abiertas,
no acaba de bostezar.

José Antonio Falconí Villagómez
Ecuador

En la tierra están...

Los cangrejitos

Los cangrejitos guerreros
por la tierra y por la mar.

Por la mar y por la tierra
siempre listos a guerrear.

Soldaditos en la arena,
marineros en la mar.

De negro van los más fieros
y de rojo el capitán.

Fernando Luján
Costa Rica

La vaquita Clarabele

Junto al río
bebe, bebe,
la vaquita
Clarabele.

Mas de pronto,
¿qué sucede?
¡Con qué susto
se detiene!

En el agua,
claramente,
cielo y nubes
aparecen.

¡Cómo mira!
¡Cómo teme
que allá abajo
va a caerse!

Río, hierbas,
casas, gente,
plantas, flores,
aves, liebres,
¡todo el prado
se sorprende!
de que huya,
corra, vuele,
la vaquita
Clarabele.

José Sebastián Tallon
Argentina

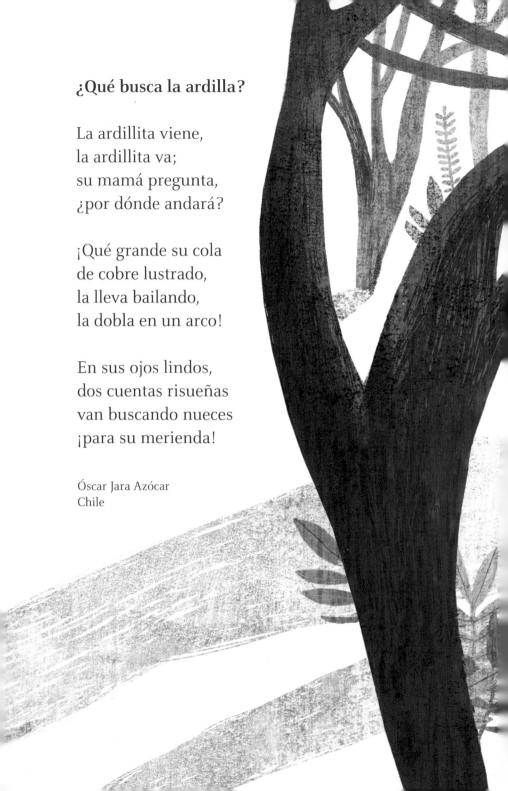

¿Qué busca la ardilla?

La ardillita viene,
la ardillita va;
su mamá pregunta,
¿por dónde andará?

¡Qué grande su cola
de cobre lustrado,
la lleva bailando,
la dobla en un arco!

En sus ojos lindos,
dos cuentas risueñas
van buscando nueces
¡para su merienda!

Óscar Jara Azócar
Chile

Adivina, adivinanza...

¿Quién es el animalito
que sube, que baja,
que teje y trabaja?

Popular

(La araña)

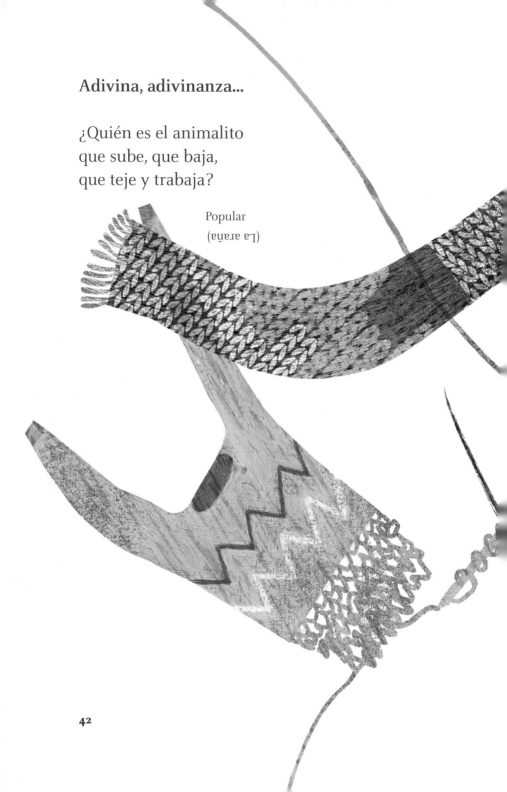

La cigarra

Guardan silencio los sapos,
guardan silencio las ranas,
guarda silencio el verano
cuando canta la cigarra.

Alberto Blanco
México

El perro Zaranguangüita

El perro Zaranguangüita,
güita, güita,
estaba royendo un hueso,
hueso, hueso,
y como estaba tan tieso,
tieso, tieso,
le daba con la patita.
Zaranguangüita,
güita, güita.

Popular

En Tucumán vivía una tortuga
viejísima, pero sin una arruga,
porque en toda ocasión
tuvo la precaución
de comer bien planchada la lechuga.

María Elena Walsh
Argentina

La gallina francolina
puso huevo en la cocina.
Puso uno,
puso dos,
puso tres,
puso cuatro,
puso cinco,
puso seis,
puso siete,
puso ocho,
puso pan y bizcocho.

Popular

Mi gatico Vinagrito

Vinagrito es un gatico
que parece de algodón.
Es un gato limpiecito,
relamido y juguetón.
Le gustan las sardinas
y es amigo del ratón.
Es un gato muy sociable,
mi gatico de algodón.

Yo le puse Vinagrito
por estar feo y flaquito,
pero tanto lo cuidé
que parece Vinagrito
un gatico de papel.
Miau, miau, miau, miau,
con cascabel.

Estaba en un cartucho
cuando yo lo recogí,
chiquitito y muerto de hambre,
botado por ahí.
Le di un plato de leche
y se puso tan feliz
que metía los bigotes,
las patas y la nariz.

No se va para el tejado
porque no sabe subir.
Sentado en la ventana
mira la luna salir.
La luna es un queso
metida en un mar de añil,
y mi gato se pregunta
si habrá sardinas allí.

Teresita Fernández
Cuba

Tengo un gallo
en la cocina
que me dice
la mentira.
Tengo un gallo
en el corral
que me dice
la verdad.

Popular

El canto del grillo

Grilli, grilli,
buen grillito,
serruchito
musical.
Trina el trino
cantarino
de tu cuerda
de cristal.

Chirri, chirri,
chirridito
palpitante
del violín.
Tu instrumento
riega el campo
de metálico
aserrín.

Gustavo Alfredo Jácome
Ecuador

Los pollitos

Cinco pollitos tiene mi tía;
uno le salta, otro le pía,
y otro le canta la sinfonía.

Popular

Corderitos

Los corderitos
de mi cordillera
ni son de azúcar
ni son de cera.
De niebla son,
de dulce niebla,
con pezuñitas
de cielo y sol.

Carmen Alicia Cadilla
Puerto Rico

La cabra

La cabra suelta en el huerto
andaba comiendo albahaca.

Toronjil comió después
y después tallos de malva.

Era blanca como un queso,
como la luna era blanca.

Cansada de comer hierbas,
se puso a comer retamas.

Nadie la vio sino Dios.
Mi corazón la miraba.

Ella seguía comiendo
flores y ramas de salvia.

Se puso a balar después,
bajo la clara mañana.

Su balido era en el aire
un agua que no mojaba.

Se fue por el campo fresco,
camino de la montaña.

Se perfumaba de malvas
el viento, cuando balaba.

Oscar Castro
Chile

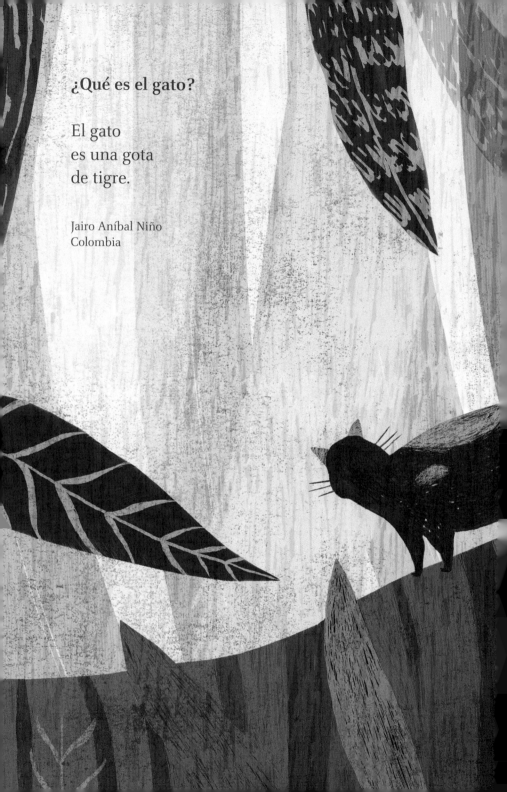

¿Qué es el gato?

El gato
es una gota
de tigre.

Jairo Aníbal Niño
Colombia

Adivina, adivinanza...

Llevo mi casa al hombro,
camino con una pata,
y voy marcando mi huella
con un hilito de plata.

Popular
(El caracol)

El tigre

En el circo de la noche,
fugitivo de la carpa,
el tigre lleva en la piel
los barrotes de la jaula.

José Umaña Bernal
Colombia

Luciérnagas

Luciérnagas en un árbol...
¿Navidad en verano?

José Juan Tablada
México

Alacrán

Sale de algún rincón
en medio de un paréntesis
y una interrogación.

Carlos Gutiérrez Cruz
México

Índice

Bibliografía

Blanco, Alberto: *También los insectos son perfectos.* México: CIDCLI, 1993

Bravo-Villasante, Carmen: *Antología de la literatura infantil española.* Vol. III: Folklore. Madrid: Doncel, 1973

Faunética. Antología poética y zoológica panamericana y europea. Acopio, ordenamiento, introducción, traducciones y notas de Víctor Manuel Patiño. Santafé de Bogotá: Instituto Caro y Cuervo, 1999

Isla de versos. Poesía cubana para niños. Selección, prólogo y notas de Sergio Andricaín. Santafé de Bogotá: Magisterio, 1999

Jara, Óscar: *Operación alegría.* Santiago de Chile: Andrés Bello, 1969

La luciérnaga. Antología para niños de la poesía mexicana contemporánea. Compilación de Francisco Serrano. México: CIDCLI, 1994

Naranja dulce, limón partido. Selección de Sergio Andricaín, Flora Marín de Sasá y Antonio Orlando Rodríguez. San José: Oficina Subregional de la Unesco, 1993

Recitaciones infantiles. Compilación de Germán Berdiales. Buenos Aires: Librería de A. García Santos, 1934

Tallon, José Sebastián: *Las torres de Nuremberg.* Buenos Aires: Colihue, 1991

Tumba tumba retumba. Poetas de América (Antología). Selección, prólogo y notas de Perla Suez. Córdoba: Alción, 2001

Versos para colorear el mundo. Selección de Sergio Andricaín, Flora Marín de Sasá y Antonio Orlando Rodríguez. San José: Oficina Subregional de la Unesco, 1993

Walsh, María Elena: *El reino del revés.* Buenos Aires: Espasa Calpe, 1996

Ana Garralón

Podríamos decir que Ana Garralón (Madrid, 1965) es una especialista en literatura infantil, Premio Nacional en Fomento de la Lectura 2016 y administradora de la página web Anatambarana, que convoca multitud de seguidores, pero habría que añadir algo más. Ana Garralón es una divulgadora y una crítica perspicaz. Fuera de los caminos más trillados, de las frases hechas y de las convenciones más asentadas, se atreve a plantear el status quo de la literatura infantil en España aportando originales puntos de vista. Incorpora en su mirada la perspectiva latinoamericana y europea y ha dado un impulso decisivo al libro informativo como un instrumento formador de lectores y fuente de placer, al mismo nivel que la narrativa o la poesía. Su trabajo como recopiladora y traductora, sus charlas como docente en España y Latinoamérica, las publicaciones ligadas a sus investigaciones y sus proyectos de formación online la sitúan como una referencia imprescindible en el campo de la literatura infantil.

Raquel López Royo

Rebeca Luciani

Nació en La Plata, Argentina, en 1976. Estudió dibujo y pintura en el Bachillerato de Bellas Artes, en la Universidad Nacional de La Plata. En el 2000 viajó a Barcelona, ciudad en la que ha encaminado su labor creadora a través de la ilustración. Allí se licenció en la Facultat de Belles Arts. En los últimos años ha compaginado la ilustración con la docencia, impartiendo talleres de ilustración en Barcelona, Sao Paulo, Santiago de Chile y Buenos Aires. En el 2006 fue galardonada con el White Ravens Internationale Jugendbliothek Munic, Alemania, por dos de sus libros: *A la muntanya de les Ametistes* (Barcanova) y *Busco una madre* (La Galera). En el 2011 recibió el Premi Serra d'Or por *La princesa malalta* (Publicacions de L'Abadia de Montserrat). En el 2012 su álbum ilustrado *Diáfana*, con texto de Celso Sisto y editado por Editora Scipione de Sao Paulo, ganó el premio Açorianos al mejor libro del año, y en el 2015 obtuvo el Premi Junceda por su álbum ilustrado *Mishiyu*, con texto de Ricardo Alcántara (Combel).

Bambú Jóvenes lectores

La cala del Muerto
Lauren St John

Secuestro en el Caribe
Lauren St John

Kentucky Thriller
Lauren St John

Encuentro en Rusia
Lauren St John

Arlindo Yip
Daniel Nesquens

Calcetines
Félix J. Velando

Hermanas Coscorrón,
agencia de investigación
El caso de la caca de
perro abandonada
Anna Cabeza

Dos problemas y medio
Alfredo Gómez Cerdá

Las aventuras de Undine.
La gran tormenta
Blanca Rodríguez

Las lágrimas de la matrioska
Marisol Ortiz de Zárate

También fueron jóvenes
Jordi Sierra i Fabra

Martín en el mundo
de las cosas perdidas
Susana López Rubio

Candela y el misterio
de la puerta entreabierta
Reyes Martínez

El último gato birmano
Rosa Moya

El chico que nadaba
con las pirañas
David Almond | Oliver Jeffers

El chico más veloz del mundo
Elizabeth Laird

Candela y el rey de papel
Reyes Martínez

¡Qué bien lo hemos pasado!
Michael Morpurgo | Quentin Blake

Rurrú Camarón
Bestiario poético
latinoamericano
Ana Garralón

La odisea de Ollie
William Joyce

La tribu de los Zippoli
David Nel·lo

Hermanas Coscorrón,
agencia de investigación
El misterio de las lubinas
Anna Cabeza

Proyecto Galileo
Joan A. Català